AF329414

ESSAIS

DE

POÉSIES,

PAR G. J. E. CHRISTOPHE,

TYPOGRAPHE.

Il est difficile d'être jeune, et
de vivre à Paris, sans avoir envie
de faire des vers.

DE BERNIS, *Réflexions sur
la Métromanie.*

PARIS,

M. DCCC. VIII.

SÉANCE ORAGEUSE

D'UNE SOCIÉTÉ

DE PRÉTENDUS BEAUX ESPRITS.

Depuis longtems j'entendois, dans Paris,
Vanter le club de certains beaux esprits,
Où chacun d'eux (pour éclairer le monde)
Vient étaler sa science profonde :
Là, se dit-on, on les nomme Athéniens,
Parce qu'ils sont amateurs des Anciens,
Et réglent tous leur esprit et leur verve
Sur les conseils de la sage Minerve.
Derniérement voulant m'en éclaircir
Et contenter mon curieux desir,
Je sors gaîment et prends une voiture
Qui me conduit, sans aucune aventure,
Vers ce palais. Là je donne en passant
Un des billets pris gratuitement ;
J'entre et m'assis sur une large chaise,
D'où je pouvois découvrir à mon aise
Chaque figure et tous les mouvemens
Des orateurs et des membres présens.
    Le président, avec mâle éloquence,
Fait un discours pour ouvrir la séance :
« Messieurs, dit-il, voila six mois passés
Que dans ces lieux on vous vit assemblés ;
Chacun de vous apporta ses ouvrages
Pour recueillir grand nombre de suffrages ;
Comme Apollon, par ses rigides lois,
Ne peut sur tous faire tomber son choix,
Deux seulement reçurent la couronne ;
L'un pour avoir chanté Mars et Bellone,
L'autre plus gaî dans son noble abandon,
Ressuscité l'aimable Anacréon ;

Quoiqu'il en soit conservez l'espérance ;
Si dans vos vers on voit régner l'aisance,
 La fiction, l'esprit et le talent
Vous recevrez un semblable présent.
Parlez, Messieurs, ne craignez point le rire
Ni les sifflets de l'affreuse satire ;
Et montrez tous aux yeux de l'univers,
Qu'en France on sait encor forger des vers ».
 Sur ce propos un orateur s'avance ;
Il monte en chaire, on garde le silence :
« Je ne viens pas, dit-il, savans amis,
Dans cette enceinte, au milieu de Paris,
Me comparer à Racine, à Molière,
Au grand Corneille, au célèbre Voltaire ;
Et cependant j'ai cueilli quelques fleurs
Dans les sentiers de ces fameux auteurs ;
Ami du beau, du goût amant fidèle,
Je les ai pris tour-à-tour pour modèles.
Ne croyez pas que la présomption
Me guide ici plutôt que la raison ;
Non, non, je viens, selon l'antique usage,
Vous réciter les fragmens d'un ouvrage ;
Celui que j'offre à votre sanction
Est une sage et noble fiction.
Depuis longtems je travaille sans cesse
A mériter les honneurs du Permesse,
Si dans ce jour le sévère Apollon
M'éloigne encor des sentiers d'Hélicon,
Adieu chansons, poëmes, tragédie,
Je quitte tout et fais place à l'envie.
Craignant, Messieurs, de vous importuner,
J'ouvre mon livre et je vais commencer :
Chantre d'Achille, et toi celui d'Enée,
Unissez-vous au séduisant Orphée
Pour m'inspirer et donner, par vos chants,
De la noblesse à mes foibles accens !
Je crois déja vous voir et vous entendre :
Vous paroissez ! ma lyre va se tendre.... »
 « Holà ! Messieurs, ce sujet m'appartient,
S'écrie un membre, et que rien ne retient :
Souffrirez-vous un auteur plagiaire
A vos côtés, dans votre sanctuaire ;
Si c'est ainsi, le sot, sans nul esprit,
Se vantera d'être un sage érudit,
Et nous verrons, faut-il que je le dise,

Bientôt les arts régis par la sottise ».
Mais l'orateur, piqué par ces propos ,
Quitte la chaire, et comme un vrai héros,
Vient défier l'insolent qui l'outrage,
Et lui fait voir sa force et son courage ;
Il le saisit ; l'autre, d'un bras nerveux ,
Sait l'éviter et le prend aux cheveux.
Le président, par ses ordres suprêmes ,
Veut réprimer ces désordres extrêmes ;
Mais il ne peut, dans ce triste moment ,
Calmer le feu de leur emportement.
Tels on voyoit, sous les murs de Solime,
Tancrède, Argant, s'entrouvrir un abîme ,
Et disputer avec la même ardeur
Lequel des deux retourneroit vainqueur :
Tels ces messieurs, plein d'une égale audace
Cherchoient envain à s'étendre sur place ;
Cependant l'un , plus fort et plus léger,
Saisissoit l'autre et l'alloit terrasser,
Lorsque bientôt une foule éperdue
Va , court, revient , s'agite et se remue ,
Soit par hasard ou par intentions
Fait lâcher prise à nos deux champions.
　　Ce n'est pas tout ; la Discorde traîtresse ,
Qui , dans les cœurs , cherche à régner sans cesse ,
Engage encore à de nouveaux combats,
Et des auteurs elle fait des soldats.
De tous côtés on ne voit que tumulte ;
Partout on joint la menace à l'insulte ;
Et ce sallon , sanctuaire des arts ,
Devient bientôt un vaste champ de Mars ,
Où des guerriers, le brillant assemblage ;
Font tout gémir par leurs cris et leur rage :
Chaises , fauteuils , livres de tous formats ,
Pièces de vers volent en mille éclats.
　　Et moi, voyant l'ardeur qui les transporte ,
Je lâche pied et regagne la porte ,
Me promettant de ne plus revenir
Dans un tripot que chacun devroit fuir.

ÉPITRE A M. BOUDEVILLE.

Que je plains le mortel, qui par philosophie,
Aime à passer ses jours dans la mysantropie,
Qui, loin de ses parens et de ses vrais amis,
Se plaît dans son réduit comme en un paradis !
Ne vaudroit-il pas mieux, aimant les humeurs sombres,
Qu'il descendît bientôt au royaume des ombres ?
Il y verroit de quoi contenter son desir;
Dabord le vieux Caron viendroit l'entretenir,
Puis avec son esquif, fendant le sein de l'onde,
Il passeroit mon homme au fond de l'autre monde :
Dès qu'il appercevroit le grand diable Pluton,
Tisiphone, Mégère et l'affreuse Alecton,
Il diroit, renonçant à sa mélancolie :
Je préfère à l'Enfer l'homme et sa compagnie.
    Je suis de cet avis; puisqu'enfin ici-bas
Le Destin à son gré nous donne le trépas,
Employons, s'il se peut, notre courte carrière,
A chercher le bonheur dans la nature entière.
    Ce bonheur, Boudeville, est la douce Amitié;
Par elle les humains chassent l'inimitié,
Elle donne aux états la paix et l'abondance,
Adoucit de nos maux la peine et la souffrance;
Et, parfois précédée et des jeux et des ris,
On la voit réunir des époux désunis.
Je voudrois te prouver avec plus de noblesse
Tout ce que peut sur nous la divine tendresse;
Mais sur ma lyre, hélas ! mes doigts lourds et tremblans
Ne peuvent exprimer que de foibles accens.
Daignes me pardonner si mon petit génie
Ne peut, de l'Amitié, faire l'apologie,
Car je ne sens pas moins le charme et la douceur
Que cette déité répand sur notre cœur;
Tu le sens bien aussi, toi qui sais chez les hommes,
Te faire aimer, chérir, dans le siècle où nous sommes,
Et qui, toujours le même en ces tems orageux
Où le crime accabloit les êtres vertueux,
Conservas ton honneur, l'amitié la plus pure,
Et tous ces heureux dons que te fit la nature.

Pourquoi cette vertu, tant aimée autrefois,
A-t-elle de nos jours perdu ses plus beaux droits ?
C'est que le vice impur, les mœurs dégénérées,
Occupoient tour-à-tour les vues et les pensées.
Regardons loin de nous ; les Romains belliqueux
Se faisoient un devoir d'honorer tous les dieux ;
Mais parmi les autels dressés en leur mémoire
Celui de l'Amitié les surpassoit en gloire :
C'est là que des époux, des amis, des parens,
Venoient renouveler chaque jour leurs sermens.
Je voudrois voir chez nous un monument semblable,
Où l'homme vertueux, doux, généreux, aimable,
Viendroit avec l'encens parfumer les autels
De la Divinité qui charme les mortels.

ÉPITRE A M. GARET.

» Chaque âge a ses plaisirs, son esprit et ses mœurs »,
Disoit le grand Boileau, modèle des rimeurs ;
Mais de tous les plaisirs quel est le plus aimable,
Le plus doux, le plus pur et le plus agréable ?
C'est celui que l'on goûte avant que la raison
N'ait mis en nous l'idée de la réflexion.
Pour tracer avec soin une parfaite image
Des doux amusemens de notre premier âge,
Il me faudroit ici le fidèle pinceau,
La verve et le talent de Jean-Jacques Rousseau :
Ainsi donc sur ce point je n'en veux beaucoup dire,
De crainte d'être atteint des traits de la satire.
Mais que dis-je ? avec toi dois-je ainsi m'exprimer ?
D'un sage, d'un ami, que doit-on redouter ?
Quand tu liras ces vers, pense que la tendresse
Me guida beaucoup plus que les sœurs du Permesse :
Car il n'est pas besoin de fard ni d'ornement
Pour dire à son ami son libre sentiment.
Il me souvient toujours qu'aux rives de la Meuse,
Nous passâmes ensemble une enfance joyeuse.
On voyoit chaque jour, étroitement unis,
Trois aimables enfans, véritables amis :

(C'étoient, chacun le sait, Noiset le philosophe,
Garet le chevrotin et le fougueux Christophe) ;
Par fois ils se prouvoient avec empressement
Une amitié parfaite, un grand attachement ;
Ou bien, un autre jour, ayant couru la plaine,
Ils revenoient chez eux fatigués, hors d'haleine ;
Alors ils se quittoient en se serrant la main,
Promettant de s'unir encor le lendemain.
Tels étoient, dans ce tems, nos plaisirs éphémères.
Régis en innocens par nos pères et mères,
Nous ne connoissions pas à quel point le Destin
Se plaît à se jouer du pauvre genre humain....
Pourquoi nous fuir sitôt, ô fugitive enfance ?
Toi qui sais nous charmer quand nous prenons naissance ?
Chacun croit, au sortir de son tendre berceau,
Goûter toute la vie un bien toujours nouveau.

A treize ou quatorze ans l'on nous met à l'ouvrage,
D'un état qui nous plaît on fait l'apprentissage ;
Et bientôt par l'esprit plus ou moins éclairé
L'on est ou l'on n'est pas artisan déclaré ;
Glorieux de soi-même on veut courir le monde,
Exercer son métier à cent lieues à la ronde ;
On change de climat pour suivre un fol espoir,
Courir après un bien qu'on ne fait qu'entrevoir :
Mais où porter ses pas pour trouver la richesse ?
L'ouvrier perd son tems à la chercher sans cesse ;
Il a beau travailler et le jour et la nuit,
De ses maux continus il ne tire aucun fruit......

A dix-huit ou vingt ans, force de la jeunesse,
On brûle du desir d'avoir une maîtresse ;
Alors, dès qu'une fois on est pris par l'amour
Il occupe la tête et la nuit et le jour :
Ensuite on est jaloux, et l'on croit sur son ame,
Que celle qu'on chérit brûle d'une autre flamme ;
Pour prévenir enfin tous les soupçons jaloux,
On pense au mariage et l'on devient époux.

Alors que de l'amour nous perdons la tendresse,
Nous marchons à grands pas vers la foible vieillesse ;
Ensuite nous avons, de la caducité,
Ce fléau si cruel, la triste infirmité ;
Le monde n'est plus rien, on ne sait ce qu'on aime,
L'on hait tout, en un mot, on se déplaît soi-même ;
Mais la Parque bientôt, d'un coup de ses ciseaux,
Vient arrêter le cours de nos pénibles maux.

Voilà, mon cher Garet, ce que je voulois dire ;

Un autre plus au long auroit bien pu l'écrire;
S'il falloit retracer les peines d'ici-bas;
En montrer les travers je ne finirois pas...
J'ai voulu te prouver qu'il n'est de jouissance
Que dans cet âge heureux de la timide enfance.

L'INCONSTANCE.

J'AIMOIS Cloris et j'étois aimé d'elle,
Nos cœurs sembloient ne se quitter jamais;
Mais le hasard m'offrit d'autres attraits.
Voici comment je devins infidèle.
Non loin de mon village, auprès d'un petit bois
Où les tendres oiseaux enchantent par leurs voix,
Existe un beau hameau, charme de la contrée,
Dans lequel une veuve, en ce lieu retirée,
Pleuroit un tendre époux aimable autant que bon,
Qui fut, par ses vertus, regretté du canton.
Il ne lui restoit plus, d'une aimable famille,
Qu'un garçon courageux, une adorable fille:
Cette mère chérie, auprès de ses enfans,
Retrouvoit le bonheur perdu depuis deux ans;
Elle disoit souvent: « Ah! si la mort cruelle
A plongé mon époux dans la nuit éternelle,
Je posséde du moins mes deux enfans chéris,
Ils soulagent mon cœur, car ils sont mes amis ».
Cette douce personne avoit pour héritage
Quelques terreins, un petit pâturage;
Par son économie elle savoit très-bien
Mettre à profit ce trop modique bien.
Tandis que Nicolas travailloit à la terre,
Adèle dans les prés, en habit de bergère,
Gardoit son innocent troupeau
Le long d'un limpide ruisseau.
Me promenant un jour, dès la naissante Aurore,
Dans ce pays charmant orné des mains de Flore,
Regardant le soleil tout bas je me disois:
« Astre brillant, à mes yeux tu parois;
Mais ma Cloris, conduite par ta flamme,

Voudra-t-elle se rendre aux transports de mon ame ?
    Hélas ! je voudrois en ce jour
Lui témoigner combien j'ai pour elle d'amour ! »
Je m'exprimois ainsi, lorsque dans la prairie
    Je vis cette Adèle jolie,
Possédant tous les traits de la belle Cypris :
Bientôt à son aspect j'oubliai ma Cloris ;
Pour la première fois je devins infidèle ;
Et brûlant tout-à-coup d'une flamme nouvelle,
    Je résolus de marcher vers les lieux
Où la charmante Adèle avoit séduit mes yeux :
De bosquet en bosquet j'arrivai près d'un hêtre,
Le plus grand, le plus gros de cet endroit champêtre ;
Caché, je pouvois voir assez distinctement
Sa taille séduisante et son maintien charmant ;
Mais bientôt je la vis s'asseoir sur la verdure,
Contempler les beautés de la simple nature,
Ecouter des oiseaux le doux gazouillement,
Qui se communiquoient leur tendre attachement :
« Vous connoissez l'Amour, dit-elle, et moi seulette
    Assise sur l'herbette,
  Je suis livrée à toute ma douleur,
N'ayant aucun ami pour épancher mon cœur ;
    Je suis au printems de mon âge
    Et n'ai jamais vu qu'en image
Ce petit dieu malin dont on parle souvent,
    Aussi volage que le vent ».
A cette douce voix, qui me semble divine,
  Bientôt l'Amour m'obcéde et me domine ;
Et quittant mon réduit, affrontant les hasards,
Brûlant de lui parler je m'offre à ses regards :
» O vous dont les attraits ont captivé mon ame,
Et dont un seul regard m'intéresse et m'enflamme,
    Calmez d'un tendre amant la peine et la douleur
    En régnant toujours sur mon cœur.
  Puisque l'Amour a sur nous de l'empire,
Que son code s'étend sur tout ce qui respire,
Obéissez aux lois qu'il se plaît à dicter :
    Ah ! puissiez-vous un instant m'écouter..... »
La bergère, à ces mots, prend soudain la parole :
« Qui, pour venir ici, t'a servi de boussole ?
    Pourquoi viens-tu, par de jolis propos,
Augmenter ma douleur et troubler mon repos ?
Qui que tu sois, apprends que je posséde un frère,
    Et plus encore, une adorable mère ;

Que des sermens sacrés m'attachent à leur sort,
Sermens qui ne seront rétractés qu'à la mort ;
Je dois les consoler dans leur tristesse affreuse,
Avec ces sentimens je suis moins malheureuse ;
Toi qui veux les changer, fuis de ces tristes lieux,
Porte à d'autres beautés l'aiguillon de tes feux ».
Son regard imposant, sa morale plaintive,
Me firent un moment garder la défensive ;
   Mais persistant avec plus de chaleur
    Je veux lui prouver mon ardeur :
   « Quoi ? ces parens vous tiennent enchaînée,
Tandis que vous pourriez, par un doux hymenée,
Faire d'un tendre époux le plus parfait bonheur ?
Ah ! mettez, s'il se peut, un terme à ma douleur.
Je n'ai fait que vous voir, mon ame fut ravie,
Un seul refus de vous peut me couter la vie.
Adèle, vous voyez l'embarras où je suis,
Recevez mes sermens.... ou dans l'instant je fuis....
Moi fuir ? que dis-je ? où porter ma tristesse ?
Où cacher ma douleur ? mes yeux verroient sans cesse
Celle qui m'a séduit par ses divins appas ;
Non, non, je vous adore... et ne partirai pas ».
   A ce discours la bergère est émue,
   Elle rougit, elle baisse la vue,
   Puis élevant une timide voix :
« Puisque vous triomphez par la persévérance,
   Sur mon cœur vous avez des droits ».
« Ah ! lui dis-je, comptez, comptez sur ma constance ».
   Je résolus, à partir de ce jour,
De ne plus écouter le trop volage Amour,
De garder mon serment par un hymen fidèle,
Et jouir du bonheur auprès de mon Adèle.

STANCES A MON AMIE.

Si je possédois le crayon
De l'agréable Anacréon,
Je retracerois ton image ;
Mais je pense que sans esprit
On peut rendre, sans contredit,
A la plus belle son hommage.

Oui, FÉLICITÉ, chaque jour
Je sens accroître mon amour ;
Car depuis cet instant prospère
Où tes beaux yeux m'ont su ravir,
J'ai conservé le souvenir
D'une rencontre qui m'est chère.

Ah ! daigne en ce jour agréer
Les vers qu'ici j'ose tracer ;
Ils attestent que la constance
Est toujours au fond de mon cœur,
Que t'aimer avec plus d'ardeur
Sera toujours ma jouissance.

STANCES A L'HUMANITÉ.

A M. D***.

Lorsque je composai cet ouvrage léger
Je songeois à l'enfuir dans l'ombre du silence ;
  Mais comptant sur votre indulgence,
Je résolus bientôt de vous le dédier.
Qui, plus que VOUS, a droit à cet hommage,
  VOUS dont le cœur contient mille vertus,
Et qui dans tous les tems, ennemi des abus,
Conservâtes toujours les qualités d'un sage ?

TOI qui, sur les humains, répands en abondance
    Mille trésors divers,
Humanité je veux, aimant la bienfaisance,
    Te chanter dans mes vers.

Le pauvre, chaque jour, sait braver la misère
    Par tes soins généreux,
Et le triste orphelin retrouve un second père
    Dans l'homme vertueux.

Celui qui, par malheur, de l'ingrate Richesse
    Ne peut suivre le char,
Peut, d'un sensible ami, ressentir la tendresse
    Comme le grand Richard.

Je chéris le prélat qui, loin de nos contrées
    Va prêchant les vertus,
Et qui, de l'Orénoque aux mers hyperborées,
    Réforme les abus :

Là, sous un toît rustique en un pays sauvage,
    Plein de sécurité,
Il enseigne aux enfans les préceptes du sage,
    Surtout l'Humanité.

J'admire encor ces sœurs, douces, sages, aimables,
    Qui, par de grands travaux,
Cherchent à soulager les êtres misérables
    Au sein des hôpitaux.

Malheur à tout mortel qui se ferme l'oreille
    Au cri de l'indigent ;
Car Dieu qui connoît tout et dans tous pays veille,
    Le distingue aisément.

ÉPIGRAMMES.

Quelle est cette fière dragone,
A l'œil farouche, au creux cerveau ?
Si je lui voyois un flambeau
Je croirois que c'est Tisiphone.

Contre R***.

C'est Périclès pour la sagesse,
Anacréon pour la gaîté ;
C'est un Pâris pour la tendresse,
Un vrai Claude * pour la bonté.

* Empereur Romain, qui fermoit les yeux sur les infidélités
de sa femme.

Pour mettre sur la porte d'une marchande de vin.

J'aime bien mieux une Bacchante,
Qui de Bacchus suivoit le char,
Qu'une marchande impertinente
Qui, dans Paris, vend le nectar :
Chez Bacchus régnoit la folie,
La bonne humeur et la gaîté ;
Ici c'est la coquetterie,
L'arrogance et la vanité.

Contre un Serrurier-Poète.

Le fier Doreau se croit un poète estimable,
    Quand chaque jour, de son foible cerveau,
        Il tire un poëme nouveau
Aussi plat que lui-même et plus insuportable :
    Ce métier-là ne peut lui convenir ;
Ses vers pêchent toujours par le style ou la rime ;
Il a beau se servir du marteau, de la lime,
    Jamais il ne peut les polir.

*Contre une laide femme que je surpris au bain, et
    qui me dit : Retirez-vous, profane.*

Madame, si je suis profane
Je ne crains pas votre aiguillon ;
Car à coup sûr vous n'êtes point Diane,
Et je ne suis pas Actéon.

MORALITÉS.

Sur les Jeux et la Paresse.

Souvent aux jours délicieux
Succéde un tems affreux qui désole la terre ;
    Ainsi la paresse, les jeux,
Font au parfait bonheur succéder la misère.

Sur le Mensonge.

L'HOMME qui, de mentir, contracte l'habitude,
Qui, de déguiser tout fait son unique étude,
Est regardé partout comme un vil charlatan;
Dit-il vrai quelquefois, on croit toujours qu'il ment.

Sur l'Ivrognerie.

S'IL est un vice détesté,
C'est l'implacable ivrognerie :
On perd souvent l'honneur et la santé
Pour satisfaire son envie.

CHANSON BACCHIQUE.

MES amis, à cette table
Nous sommes comme les Dieux ;
Si ce plaisir n'est durable
Il est plus délicieux :
Dans l'ardeur qui me posséde,
Si l'un de vous sert le vin,
Je crois voir un Ganiméde
Versant le nectar divin.

Lorsque l'élément liquide
Vint engloutir l'univers,
Dieu fit une arche solide
Qui brava les flots des mers,
Où Noé, par sa sagesse,
Rassembla le genre humain,
Et sauva, par son adresse,
L'arbre qui porte le vin.

Quand Vulcain, dans sa caverne,
Forgeoit l'arme du guerrier,
Il avaloit du Falerne
Pour humecter son gosier.

Bacchus, vainqueur de l'Asie,
Chantoit toujours ce refrein :
« Amis, il faut dans la vie
Vider son flacon de vin ».

Si l'on est dans la jeunesse
On ne connoît que l'amour,
On veut près de sa maîtresse
Passer la nuit et le jour ;
Mais dès que l'âge nous glace,
Pour réchauffer notre sein
Le seul reméde efficace
Est un bon flacon de vin.

Verrons-nous toujours Bellone
Troubler les peuples divers ?
Cédera-t-elle à Pomone
L'empire de l'univers ?...
Moi, si j'étois roi sur terre,
Je bénirois mon destin ;
Car je ne ferois la guerre
Qu'avec un flacon de vin.

INSCRIPTION

Pour mettre au bas d'une gravure représentant CINCINNATUS,
au moment où une députation de la ville de Rome vient le
prier de reprendre le commandement de l'armée.

CINCINNATUS, le front couronné de lauriers,
Cultivoit avec fruit un modeste héritage,
Lorsqu'on vint l'avertir que des voisins guerriers
Vouloient, jusque dans Rome, exercer leur ravage :
A la voix des vieillards, aux cris de la patrie,
Il quitte le séjour témoin de son bonheur ;
Prenant son glaive il dit : Consacrons notre vie
A guider les Romains dans les champs de l'honneur.